Rudolf Stormenek

Vergangenheit - Drama in einem Akt

Rudolf Stormenek

Vergangenheit - Drama in einem Akt

ISBN/EAN: 9783743430419

Hergestellt in Europa, USA, Kanada, Australien, Japan

Cover: Foto ©Andreas Hilbeck / pixelio.de

Manufactured and distributed by brebook publishing software (www.brebook.com)

Rudolf Stormenek

Vergangenheit - Drama in einem Akt

Vergangenheit.

Drama in einem Akt

von

Rudolf Stormeneck.

Mannheim
Hofbuchdruckerei Max Hahn & Comp.
1894.

Personen.

Staatsanwalt Perbandt.
Florence, seine Frau.
Trude, ihre Tochter.
Sanitätsrat Frank.
Assessor Westhoven.
Betty, Mädchen bei Perbandt.

Ort der Handlung: Berlin.
Zeit: Gegenwart.

Scene: Im Hause Perbandts.

Modern eingerichtetes Zimmer mit Flügel und Notenschrank. Im Hintergrunde Hauptthüre nach dem Vorsaal für die Besucher. Links im Vordergrunde Thüre nach Florencens Zimmer. Etwas weiter zurück Thüre in Perbandts Arbeitszimmer. Dieser gegenüber, rechts, Thüre nach Trudens Zimmer. Rechts im Vordergrunde Fenster nach dem Garten.

Erste Scene.

(Florence kniet am Notenschrank, hastig unter den Bänden suchend. Stöße von Noten liegen auf Stühlen und Boden verstreut. Die Thüre nach Perbandts Zimmer ist geöffnet).

Florence (hineinsprechend).

Ich kann nicht spielen ... Weiß nicht was ich spielen soll ... Die Rhapsodie ist mir zu feurig, das Scherzo zu schattenhaft. — Nein —! nein —!

Perbandt (heraustretend).

Nun, hast Du gewählt, Florence?

Florence.

Ich kann nicht spielen, Albrecht!

Perbandt.

Aber, Flory, Liebste — das geht nicht. Alle erwarten es. Wenn Du diesmal wieder refüsierst, was soll man davon denken?

Florence.

Ach, Albrecht, ich frage mich oft — sind wir nicht souverain genug gestellt, um die Leute denken zu lassen, was sie wollen?

Perbandt.

Nein, Florence, das sind wir nicht! Das ist niemand! Und nun gerade bei unserem ersten Fest nach der Trauer!

Florence.

Ach ja, seit Mama starb!

Verbandt.

Meine Mutter!

Florence (in Thränen ausbrechend)

Die m e i n e , Albrecht!

Verbandt.

Ja, Florence, sie hatte Dich in ihr Herz geschlossen, mit all der mütterlichen Liebe, die Du so entbehrtest.

Florence (verzweifelt).

Ja, denn ich armes Ding hatte ja nie eine Mutter über mir!

Verbandt.

Nein, mein süßes Lieb, die war schon tot, als Du das erste Wort lerntest.

Florence.

Und das hieß Vater — n u r Vater!

Verbandt.

Nicht bitter sein. — Er war ein Ehrenmann trotz aller Künstlergrillen.

Florence.

So — war er das? — — Nun, mich, seine Tochter, erzog er zu nichts weiterem als zu einer solchen fleisch= gewordenen Künstlergrille. Denn ich sollte ja eine berühmte Pianistin werden . . . . . . sollte ihm den Ruhm ins Haus tragen — um j e d e n Preis!

Verbandt.

War es nicht gut, mein Herz, daß es so kam? Hätte ich Dich denn kennen lernen, wenn Du nicht auf Deiner großen Siegestournee auch in unserer Kleinstadt ein Konzert gegeben und einen solchen Sturm von Begeisterung entfesselt hättest, daß alles wie toll war! Und der königliche Stolz, die Zurückhaltung, mit der Du alle behandeltest — ah, Florence, Du w a r s t grausam.

Florence.

Wie lange ist das her! So lange, daß ich mich oft frage: Ist es denn überhaupt gewesen?

Perbandt.

Und als Du in mir, dem reifen abgeschlossenen Manne, eine solche Liebe wecktest, eine Liebe . . . . . Florence — wie lange ist d a s her?

Florence.

Albrecht!

Perbandt.

Sieh mich an, mein Lieb . . . . . Du hast mit unserer Mutter viel verloren.

Florence.

Nicht zu ersetzen, Albrecht!

Perbandt.

Du hast ihr viel von Dir gesprochen.

Florence (müde).

Ach —

Perbandt.

Und jetzt, seit ihrem Tode, gehst Du einher, als ob —

Florence (erregt).

Was, was?

Perbandt.

Als ob Dir der Priester fehle, dem Du gewohnt warst zu beichten.

Florence (schweigt).

Perbandt.

Florence, wenn Dich etwas drückt, wenn Dir etwas auf der Seele lastet, ich wäre doch der Nächste dazu — Florence!

Florence (mit schwerer Bitterkeit).

Ja, Du — Du wärest der Nächste —

Perbandt.

Thu' als ob ich die Mutter wäre, Florence!

Florence.

Ja, das will ich. Komm, setz Dich hierher . . . und ich mich Dir zu Füßen. So . . . . . Gieb mir Deine lieben Hände zum Kissen für mein Haupt. So . . . so . . . . Und nun keinen Laut . . . Meine Seele ist in Deiner . . . . Ah, das thut wohl.

Verbandt.

Florence — !

Florence.

Still — die Mutter sprach nicht.

(Pause.)

Zweite Scene.

Die Vorigen. Frank.

Frank.

Guten Morgen! Guten Morgen!

Verbandt.

Ah, Frank, Du?

Florence.

Guten Morgen, Sanitätsrat. Kamen Sie eben?

Frank.

Eben! Das kann ich mit gutem Gewissen wohl nicht sagen. Ich pochte schon einige Male um Einlaß. Vergesse immer, daß ich zu jungen Eheleuten in den Flitterwochen komme.

Florence (eine Stickerei nehmend).

Schämen Sie sich, Sanitätsrat! Sie spotten über eine alte Frau, die schon siebzehn Jahre verheiratet ist.

Verbandt.

Ach, erbarme Dich seiner, Flory! Er war ja damals — weißt Du — auch ganz regelrecht in Dich verliebt.

Florence (droht ihm lächelnd mit dem Finger).

Frank (ihre Hand küssend).

Nur ganz bescheiden, Frau Florence.

Verbandt.

Nun, mein Alter, dann behaupte doch auch, daß du jetzt wiederum ganz bescheiden liebst!

Frank.

Pylades!

Florence.

Nennen Sie ihn nicht mit dem trauten Kosenamen, lieber Freund, wenn er so häßlich ist.

Verbandt.

Nein, Du solltest mir dankbar sein, Frank!

Frank.

Es läßt sich so an!

Verbandt.

Hast ja dadurch Gelegenheit von Deiner Angebeteten zu sprechen!

Frank.

Albrecht — Mensch!

Verbandt.

Sieh ihn doch an, Florence — wie er strahlt!

Florence.

Aber, lieber Sanitätsrat, im Ernst, Sie machen mich ordentlich böse. Welche von den jungen Damen hat Sie denn erobern können, ohne daß i ch es weiß?

Frank.

Hm, Frau Florence — daß Sie es nicht wissen, hat seinen guten Grund. Es ist gar keine unserer jungen Damen, die —

Florence.

Aber Sie foltern mich! Schnell, schnell! Sagen Sie mir den Namen!

Verbandt.

Ach, Florence, es ist ja eine seiner Kranken. (Lachend) Natürlich! Er durfte doch nicht außerhalb der Praxis lieben!

Florence.

Wie, Sanitätsrat? Ist es wirklich eine Patientin?

Frank.

Ja — Frau Florence.

Florence.

Das müssen Sie mir erzählen, lieber Freund — das heißt, wenn unser Quälgeist da gegangen ist.

Verbandt.

Nun, mein Alter, sind das noch Flitterwochen, in denen man so ohne weiteres fortgeschickt wird?

Frank.

Mußt Du aufs Gericht heute?

Verbandt.

Ja, und ins Gericht.

Florence.

Ach, Albrecht, manchmal überkommt mich ein Grauen vor Deinem Beruf.

Verbandt.

Ist sie nicht eine Törin, Frank? Sie möchte die S t r a f e aus der Welt schaffen.

Frank.

Dann doch lieber die S c h u l d, Frau Florence.

Florence (langsam).

Ach ja — die Schuld —

Verbandt.

Wenn ich die armen Sünder ansehe, die alle an mir vorüberziehen, mit welchem Heroismus sie ihre Schuld oft jahrelang tragen, gemartert von dem Bewußtsein ihres inneren Unwertes, und doch nicht den Mut zur Sühne haben — wie Vielen kommt da die Strafe als einzige Erlösung.

Florence.

Das kann ich begreifen.

Verbandt.

Nein, Florence! Das kann nur ein S c h u l d i g e r begreifen, der mitten im Verbrechen steht.

Frank.

Höre auf, Du Eiferer! Siehst Du nicht, daß Deiner Frau unwohl wird?

Perbandt.

Ach, Liebste, verzeih! Du selbst machtest mich meinem Vorsatz untreu. Dies zarte Kind hört sonst von den Gerichts= sälen kein Sterbenswörtchen reden. War es nicht heute das erste Mal, mein Liebling — ?

Florence.

Ja — vorher hast Du noch nie so zu mir gesprochen, Albrecht.

(Es schlägt zehn Uhr.)

Perbandt.

Tausend! Schon so spät! Rasch noch einen Blick in meine Akten und dann direkt vom Arbeitszimmer aufs Gericht . . . Frank, ich bitte Dich, nimm sie in Deine Kur . . . Rede ihr ins Gewissen . . . Sie ist krank . . . Macht mir Sorge . . . Und denkt nicht an sich . . . (zu Florence) Nein, widersprich nicht! Ich weiß, daß Du leidest! Klage ihm, Florence! Und noch eins. (Leise) Wenn Du nicht spielen willst — wir sind doch souverain genug gestellt — Florence . . . .

Florence.

Wie gut Du zu mir bist, Albrecht!

Perbandt.

Gut? Nicht gut? Ich liebe Dich, Florence! Und nun, zum Abschied . . . (Beugt sich über sie.)

Florence.

Nein! Nein!

Perbandt.

Wie? Keinen Kuß! Den ersten, den Du mir ver= weigerst!

Florence.

Ich bin krank, Albrecht. Quäle mich nicht.

Perbandt (erschrocken).

Das . . . verhüte der Himmel . . . . Nun, auch so . . . Adieu. (Ab.)

Dritte Scene.

Florence. Frank.

Frank.

Sie haben ihm wehe gethan, Frau Florence!

Florence (schwer).

Muß man nicht manchmal wehe thun, um ein Unrecht zu verhüten?

Frank.

Ein Unrecht? — Ich fange an Sie nicht mehr zu verstehen.

Florence.

Ach, lassen wir das, Sanitätsrat! Erzählen Sie mir lieber von Ihrer Braut!

Frank.

Ach, liebe Freundin, da müßte ich ja auch von Ihnen erzählen!

Florence.

Sie scherzen, Sanitätsrat. Was hätte wohl ich mit Ihrer Liebe zu thun?

Frank (mit Nachdruck).

So viel, Frau Florence, daß ohne Sie diese Liebe gar nicht möglich gewesen wäre.

Florence.

Mein lieber Freund —

Frank.

Ach ja — lassen Sie mich doch ein wenig davon berichten. So ganz bescheiden — wissen Sie!

Florence.

Thun Sie das. Ich will mäuschenstill sein.

Frank.

Denn ich muß Ihnen doch endlich einmal für Alles danken —

Florence.

Mir?

Frank.

Ja, für Alles, was Sie aus mir gemacht haben! Sie haben die Freude am Schönen in mir erweckt. Und damit gaben Sie mir so unendlich viel — mein ganzes Sein haben Sie damit anders gestaltet.

Florence.

Sie übertreiben, mein Freund!

Frank.

Ach nein, Frau Florence. — Ich lebte so vor mich hin ... erfüllte meinen Beruf ... nicht besser, nicht schlechter wie jeder Andere. Und da sah ich S i e! O, das wäre schön genug gewesen! Aber ich h ö r t e Sie auch! Ihre Musik! Die Kraft, die Begeisterung Ihres Gesanges auf dem Klavier. . . .

Florence.

Mein Spiel also —

Frank.

Ja, das hat mich bis zu Thränen erschüttert.

Florence.

Sie haben mir nie davon gesprochen!

Frank.

Nein — das ließ sich nicht so aussprechen. War wie ein Weckruf an ein Selbst, das in mir schlummerte und rang. Und allmählich löste es sich immer freier los, und als ich Sie in Ihrer g a n z e n Größe erst begriffen hatte, Frau Florence, da kam zu dem Schönen auch das Gute. Und das Gute, wissen Sie, das läßt sich bei meinem Beruf so leicht in die Praxis einschmuggeln, Frau Florence.

Florence (ihm beide Hände reichend).

Mein lieber, lieber Freund, Ihre eigene hohe Seele hat Ihnen den Weg gezeigt — nicht ich. Aber ich danke Ihnen trotzdem für Ihre Worte — sie sind ein Schatz, den ich hier aufbewahren will. (Legt die Hand auf das Herz).

Frank.

Ach — machen Sie mich nicht weich ... Aber j e t z t sind Sie glücklich, Frau Florence, nicht wahr? Das Opfer, das Sie brachten, hat sich belohnt — !

Florence.
Welches Opfer?

Frank.
Wenn es Keiner merkte — ich habe es gemerkt — daß Sie Albrecht nicht liebten, als Sie sein Weib wurden.

Florence.
Und . . . was schlossen Sie daraus?

Frank.
Daß Sie die tapferste, die großmütigste Frau sind, die lebt. Als Sie die Leidenschaft sahen, die Sie erregt hatten, als Sie sahen, wie dieser starre Kraftmensch langsam zu Grunde ging — da — da — nahmen Sie sich vor, die Wunde zu heilen, die Sie geschlagen!

Florence (aufschreiend).
Sanitätsrat!

Frank.
O, Florence! damit — damit haben Sie mir recht eigentlich ins Herz gegriffen. . . . Als ich ahnte, was eine kleine schwache Frau that, aus edelstem Mitgefühl, aus heißer Nächstenliebe — da schämte ich mich der eigenen egoistischen Wünsche. Ich wollte Ihnen in nichts nachgeben. . . . Und so erfuhren Sie nie von meiner unbändigen Liebe zu Ihnen.

Florence.
So . . . so . . . haben Sie es ausgelegt . . .

Frank.
Sie sind eine Heilige, Florence!

Florence.
So — So — Ach! Dieser Ekel! —

Frank.
Um Gotteswillen! —

Florence (in höchster Erregung.)
Hören Sie nicht auf mich —! Aber — um der Barmherzigkeit willen — loben Sie mich nicht mehr!

Frank (bestürzt).

Ich . . . ich will es nicht mehr thun . . . wenn es Ihnen zuwider ist . . .

(Pause.)

Florence (gefaßt).

Lieber Sanitätsrat! Sie wollten mir von Ihrer Braut erzählen.

Frank (sich sammelnd.)

Ja — Frau Florence.

Florence.

Wie lernten Sie sich eigentlich kennen?

Frank.

Ich wurde zu ihr gerufen . . . Sie war schwer krank . . . Von den Kollegen aufgegeben . . . Da war es mir beschieden sie am Leben zu erhalten . . . Und in der Genesung fanden wir uns —

Florence.

Eine prächtige Natur muß sie sein, wenn es ihr gelang, Sie so rasch zu fesseln!

Frank.

Ja, sehen Sie, Frau Florence, so zwei alte Herzen wie das meine und das Albrechts, die umfassen den Gegenstand ihrer Liebe, wenn sie sich ihm einmal g a n z weihen, mit einer Glut — ich möchte sagen, mit einer geläuterten, reineren Glut.

Florence.

Sagen Sie, Sanitätsrat — könnten Sie für Ihre Braut viel opfern?

Frank.

Das fragen Sie? Man sagt so oft in der Jugend: „Ich würde mein Leben lassen." — Ich aber l i e ß e e s für Agnes.

Florence.

Und mehr — m e h r — könnten Sie nicht thun?

Frank.

Sie scherzen!

Florence.

O nein, lieber Freund, ich spreche im Ernst. Zum Beispiel, einem Vorurteil trotzen, oder — ja, das ist's.... Eine große Sünde verzeihen — — — das ist doch mehr! Könnten Sie das, Sanitätsrat? Könnten Sie das für Ihre Agnes?

Frank.

Ich tauchte ihre Sünde in meine Liebe, und sie wäre rein.

Florence.

Glauben Sie — es ist ja Unsinn — aber glauben Sie, daß Albrecht das auch könnte?

Frank.

Albrecht! — Ach, liebe Freundin, wer so streng ist gegen sich selbst, wer diese haarscharfen Ehrbegriffe zu Prinzipien hat und diese Prinzipien durch ein ganzes Leben hindurch bethätigt — der ist unnachsichtig gegen andere.

Florence (für sich).

Ich wußte es ja.

Frank.

Frau Florence, jetzt leiden Sie wieder!

Florence.

Was fällt Ihnen ein, lieber Freund! Mir ist nichts.

Frank.

Doch! Läugnen Sie nicht! Ich beobachte Sie schon lange. Jetzt sollen Sie mir beichten!

Florence (auflachend).

Ich — beichten — Ihnen — — Ach ... verzeihen Sie ... ich muß lachen ... wenn ich Ihre Aufforderung w ö r t l i c h nehme! (Sich besinnend). Aber E i n e s .... ja ... E i n e s könnte ich Sie doch fragen.

Frank.

Thun Sie das.

Florence.

Nicht den Freund! Nur den Arzt, Sanitätsrat!

Frank.

Ich höre, Frau Florence.

Florence.

Und Sie müssen mir geloben, Albrecht nichts davon zu sagen!

Frank.

Wenn Sie nur den Arzt in mir sprechen, haben Sie nicht nötig das hinzuzufügen. — Was also wollen Sie fragen?

Florence.

Denken Sie sich, Sanitätsrat. Oder nein —

Frank (mit Autorität).

Doch, Frau Florence! Jetzt fordere ich's! Sie m ü s s e n sprechen!

Florence.

Was also ist's, wenn eine rasende Angst mich überfällt, und mit dieser Angst zugleich — nein, nein —

Frank.

Und zugleich mit dieser Angst — besinnen Sie sich . . .

Florence (willenlos).

Und zugleich mit dieser Angst entsteht eine Vorstellung, ganz lebhaft, ganz deutlich — nicht körperlich greifbar, aber sie ist doch da — (auf die Stirn zeigend) hier — hier!

Frank (aufmerksam).

Und was stellen Sie sich vor auf diese Weise?

Florence (vor sich hinstarrend).

Ich sehe einen Mann in grauer Bettlerkleidung — der kommt, um mein Glück zu zerstören — — —

(Pause).

Frank.

Frau Florence, Sie sind krank!

Florence.

Sie glauben, Sanitätsrat?

Frank.

Das ist mir ganz gewiß.

Florence.
Nun, dann lassen Sie sich sagen, daß Sie sich täuschen!

Frank.
Ach, Frau Florence, wenn dem so wäre!

Florence.
Dem ist so! Und ich will es Ihnen beweisen!

Frank.
Dann also erklären Sie ....

Florence.
Still —

Vierte Scene.

Die Vorigen. Trude.

Trude (tritt aus Florencens Zimmer, ein Glas Milch in der Hand)
Schönsten guten Tag allerseits!

Frank.
Guten Morgen, Flederwisch!

Florence.
Ah, Trude, endlich munter!

Trude.
Was denkst Du, Mama! Schon eine ganze Weile!

Florence.
Nun, nun, prahle nicht.

Trude.
Onkel Sanitätsrat!

Frank.
Ja?

Trude.
Onkel Sani, ich komme Dir einen Hochachtungsschluck!

Frank.
Na, die Milch, die scheint also doch zu schmecken, was?

Trude.

Ja natürlich! In Mamas Zimmer schmeckt sie stets.

Florence.

Ja, es ist mir schon oft aufgefallen — warum trinkst Du sie nur immer dort?

Trude.

Aber das ist doch so einfach, Mamachen! Da steht ja Dein Cognac, den Onkel Sani Dir verschrieben hat!

Florence.

Trude —!

Trude (gemütlich).

Und davon schütte ich ab und zu ein Gläschen in die Milch.

Florence.

Nein, Trude, wenn dies wieder ein neuer Streich sein soll —

Frank (begütigend).

Nun, lassen Sie, Frau Florence! Zürnen Sie nicht! Ich gebe sehr oft Cognac in Milch.

Trude.

Die giebst Du wohl Deinen bleichsüchtigen Patientinnen, Onkel Sani?

Frank.

Ja wohl, Flederwisch! Bist ja selbst bleichsüchtig!

Trude.

Nein, das bin ich nicht!

Frank (lachend).

So? Nun, was fehlt Dir denn?

Trude (finster).

Ich — ich leide an ... Beengungen, Onkel ...

Florence.

Trude, Du solltest das neue Lied einüben!

Trude (leichthin).

Mamachen, wenn ich nun heute eine halbe Stunde später an den Flügel ginge, wäre denn das ein so großes Unglück?!

Fünfte Scene.

Die Vorigen.

Perbandt (der während der letzten Worte in der Thüre seines Zimmers erschienen ist, vollständig zu den Uebrigen tretend).

Ja, mein Kind, das wäre es!

Trude (ihm entgegenfliegend).

Ach, der Papa! Guten Morgen auch!

Perbandt.

Das sagst Du mit so fröhlicher Energie, Trude! Und doch willst Du den neuen Tag lässig beginnen?

Trude.

Ach, Papa, ich k a n n nicht so pedantisch sein!

Perbandt.

Sieh Dir einmal die Sonne an, Trude! Die ist auch pünktlich. Nennst Du sie deshalb pedantisch?

Trude.

Richtet sich die Sonne auch nach der Zeit? Ich habe gemeint, die Zeit — die richte sich nach der Sonne! Hahaha —

Perbandt (mit ruhiger Energie).

Trude, komm mal her . . . Leuchtet es Dir nicht ein, daß sich der Mensch von früh an gewöhnen muß bestimmten Gesetzen und Einschränkungen zu folgen?

Trude.

Doch, Papa — das ist sehr schön . . . Aber für m i c h paßt es nicht!

Perbandt.

Liebes Kind, die g u t e n Gesetze passen für alle Menschen.

Trude (seufzend).

Ach — da will ich doch lieber mein Lied singen, Papa!
(Geht nach dem Flügel).

Frank.

Laß sie, Albrecht! Das tobt sich schon aus!

Perbandt (leise).

Wenn Du mich nur überzeugen könntest, daß sie ist wie andere junge Mädchen.

Trude (unter den Noten kramend).

Da sieht man — da hat Mama wieder gewühlt!

Florence (mit verhaltener Angst).

Was meinst Du damit, Albrecht?

Perbandt (schneidend).

Nun — ich denke an ihre Eskapade als achtjähriges Mädchen!

Florence.

Du meinst, als sie damals ohne Aufsicht spazieren ging?

Perbandt (scharf).

Wir wollen es doch lieber nicht beschönigen — als sie davonlief.

Frank (auf ihn einredend).

Ich versichere Dich, so etwas ist nicht tragisch zu nehmen.

Trude (für sich).

Da tuscheln sie nun wieder und haben doch nicht den Mut es beim Namen zu nennen!

Frank.

Bei ihrer lebhaften Phantasie! Als sie das Buch erwischte, worin Paris so lockend geschildert war . . . . . na — da setzte sie sich's in ihren Kindskopf, daß man auch geradewegs hinspazieren kann — nun, und da hat sie's eben versucht.

Perbandt (mit Nachdruck).

War es wirklich naiv?

Florence (entsetzt).

Albrecht! Um Gotteswillen!

Trude.

Das Heft liegt wahrscheinlich in meinem Zimmer, Mama! Muß einmal sehen! — (Für sich) Feiglinge! (Ab.)

Sechste Scene.

Florence. Verbandt. Frank.

Verbandt (mit einem schweren Atemzug).

Das ist der Gedanke, der mich nicht losläßt!

Frank.

Du bist unverbesserlich!

Verbandt (auflachend).

Was willst Du, mein Alter? Das liegt nun im Blute! Wenn ich einmal Verdacht geschöpft habe —

Frank.

Aha, der Herr Staatsanwalt!

Verbandt (finster).

Ja, dann treibt's mich Alles zu erforschen. Das ganze Skrutinialverfahren einzuleiten.

Florence.

Was ist das für ein Verfahren, Albrecht?

Verbandt.

Das ist eine höchst sinnreiche Einrichtung. Man ermittelt alle Verdachtsgründe, sucht und spürt unablässig in dem ganzen Vorleben des Beargwohnten, bis man seine Schuld klar erkannt hat.

Florence (aufstehend).

Ich will Trude suchen helfen.

Verbandt.

Thu' das, Florence.

Florence (ab).

Siebente Scene.

Frank. Perbandt.

Frank.

Also damit plagst Du dich?

Perbandt (zornig aufbrausend).

Es läßt mich nicht los! . . . Wenn ich das Mädchen ansehe, wie sie so ganz anders geartet ist wie ihre Mutter — Nichts von ihrer Feinheit, nichts von ihrer stillen Grazie . . . .

Frank.

Glaube mir — Trude ist gut! Und dann — das Beispiel, der fortwährende Umgang mit Florence . . .

Perbandt (gramvoll).

Ja, mein Alter, das ist der springende Punkt! Hat denn Florence Einfluß auf sie? Ja — habe ich ihn selbst? Du hörtest, wie sie mir antwortet. Es ist etwas in ihr, dem wir beide nicht gewachsen sind.

Frank.

Trude ist eine Natur, die nur durch das Leben gemaßregelt wird.

Perbandt (auffahrend).

Frank, Du bist fürchterlich! Weißt Du denn, was Du damit sagst?!

Frank.

Etwas ganz Einfaches, dünkt mich.

Perbandt.

Ja begreifst Du denn nicht, daß ein junges Mädchen, dem nur das Leben die guten Lehren beibringt, die sie von der Mutter verschmäht, dieses Leben auch aufsucht — instinktiv aufsucht als ihr eigentliches Element? —

Frank.

Wenn ich mir Alles überlege — wie wäre es — — aber nein!

Perbandt (mit freudigem Eifer).

Doch! Doch! Das ist auch meine Idee! — Du meinst, wir sollen sie verheiraten!

Frank.
Ja.
Perbandt.
Ich halte es geradezu für eine Rettung!
Frank.
Nun, nun —
Perbandt.
Man muß auf der Hut sein bei solchen Naturen!
Frank (zweifelnd).
Sie wird erst siebzehn.
Perbandt (rasch).
Um so schlimmer! Ich halte sie oft für dreißig!
Frank.
Ja, kennst Du eigentlich jemanden, dem Du ihre Zukunft vertrauensvoll in die Hände legen könntest?
Perbandt.
Würde ich sonst im Ernst daran denken —? Sieh, so wenig Sympathie Trude bei den jungen Mädchen erregt, so sehr fesselt sie die Herrenwelt.
Frank.
Das begreife ich!
Perbandt.
Bei all den kleinen Gesellschaften, wo wir sie zulassen, war sie die Gefeierte. Und sie gab sich eigentlich nicht einmal Mühe. Es machte sich alles wie von selbst.
Frank.
Und wer ist der Eine —?
Perbandt.
Assessor Westhoven!
Frank (erfreut).
Ah! Der! —
Perbandt.
Tüchtig — zuverlässig — glänzend begabt — und über sein Alter hinaus ein Charakter durch und durch.

Frank (begierig).

Und er zählt zu ihren Anbetern?

Perbandt (mit Aplomb).

Er wirbt um ihre Liebe.

Frank.

Ah, das ist günstig! Und sie?

Perbandt (von neuem auffahrend).

Weiß ich's? Hat sie denn je geruht uns ihr Vertrauen zu schenken?

Frank (lächelnd).

So etwas merkt man.

Perbandt.

Nun — ich glaube, sie liebt ihn.

Frank.

Das wäre Glück!

Perbandt.

Ach, mein Alter, die Sache hat einen Haken!

Frank.

Die Verhältnisse?

Perbandt.

Nicht im Geringsten. — Aber Florence will nicht!

Frank (erstaunt).

Florence will nicht?

Perbandt.

Sie hat eine unüberwindliche Abneigung gegen den jungen Mann. Sie empfängt ihn nicht. Sie erlaubt ihm keine Annäherung, wenn sie ihn in Gesellschaft begegnet.

Frank.

Merkwürdig.

Perbandt (erregt).

Merkwürdig? Findest Du es merkwürdig?

Frank.

Pylades!

Perbandt (die Hand an die Stirn legend).

Nun, nun — hm — es kommen einem manchmal Gedanken . . . . (auffahrend) dumme — frevelhafte Gedanken — Ah, ich verdiene Florence überhaupt nicht!

Frank (mit Nachdruck).

Ganz gewiß nicht, wenn Du ihr zu nahe trittst.

Perbandt.

Aber in diesem einen Punkt muß ich sie umstimmen! Und ich scheue nicht einmal einen Gewaltakt.

Frank.

Was willst Du thun?

Perbandt (bestimmt).

Assessor Westhoven ins Haus bringen! Koste es was es wolle!

Frank.

Versprichst Du Dir davon Erfolg?

Perbandt.

Es kann ja nur Abneigung sein — grundlose Abneigung, was Florence so ungerecht gegen ihn macht. Wenn sie ihn kennt, ihn spricht, verfliegt ihr Vorurteil wie Wolken vor der Sonne.

Frank.

Hast Du bereits einen Plan?

Perbandt.

Heute noch stellt sich Westhoven vor!

Frank.

Heute?

Perbandt.

Ja, während ich in Gericht bin, soll Florence ihn empfangen.

Frank.

Also der kleine Federwisch verliebt!

Perbandt.

Ich hoffe es. — Und noch Eins, mein Alter. Hat Florence Dir geklagt?

Frank.

Ich kann's nicht läugnen.

Verbandt.

Um Gotteswillen — !

Frank.

Beruhige Dich. Es ist nicht schlimm. Nur Nervenüberreizung. Und dann das alte Uebel am Herzen .... Sie darf es nicht wissen ...

Verbandt (leidvoll).

Ja, ja. Ach Gott! ....

Frank.

Still —

Achte Scene.

Die Vorigen. Florence.

Verbandt (ihr freundlich entgegengehend).

Gefunden, liebe Florence? Wo ist denn Trude?

Florence.

In ihrem Zimmer geblieben. Sie ist so unlustig zum Singen, es wäre heute doch nichts daraus geworden.

Verbandt.

Höre, Florence, ich habe eine Bitte an Dich.

Florence.

O, das freut mich!

Verbandt.

Ich erwarte einen Freund. Es ist möglich, daß er noch heute kommt. Bin ich nicht wieder zurück bis dahin, so empfange Du ihn statt meiner.

Florence.

Wer ist es denn?

Verbandt.

Damit möchte ich Dich gerade überraschen!

Frank (sekundierend).

Und Sie kennen ja Albrechts Ueberraschungen, Frau Florence.

Florence (freundlich).

Ja, die sind immer gleichbedeutend mit einer großen Freude.

Perbandt.

Nun, ich hoffe, auch diesmal — Aber es ist jetzt die allerhöchste Zeit. Adieu, mein Alter. Oder kommst Du mit?

Frank.

Nein, ich bleibe noch ein wenig bei Deiner Frau.

Perbandt.

Recht so. Adieu, Florence.

Florence.

Albrecht!

Perbandt.

Ja, mein Kind.

Florence (leise)

Du bist nicht direkt von Deinem Zimmer weggegangen?

Perbandt.

Nein . . . Ich . . . ich hörte Trudens Stimme.

Florence.

Nur d e s h a l b bist Du noch einmal gekommen?

Perbandt.

Florence — Du spielst mit mir!

Florence (innig).

Das sollst Du mir wiederholen, nachdem Du mich geküßt!

Perbandt.

Also wirklich . . . ich muß nicht ohne Wegzehrung gehen?

Florence.

Ach, Albrecht, für zwei so alte Eheleute taugen keine Neuerungen mehr.

Perbandt (flüsternd).

Florence, sind wir denn wirklich so alt?

Florence.

Ja, ich bin es.

Verbandt (leidenschaftlich).

Aber ich nicht! Und meine Liebe — die ist jung wie am ersten Tag!

Florence (in seinen Armen).

Ach, Du Liebster . . . . — — Der Sanitätsrat!

Verbandt (verwundert).

Ist der auch da? . . . He, mein Alter! . . . Der Spitzbube! Er schläft.

Frank (lächelnd).

Seid Ihr fertig, meine Freunde? Ich habe wunderschön geschlafen.

Verbandt.

Und auch geträumt?

Frank.

Das Zweie sich küßten — ja!

Verbandt (lachend).

So ganz bescheiden . . . nicht wahr? — Adieu. (Ab.)

Neunte Scene.

Frank. Florence.

Frank.

Frau Florence!

Florence.

Sanitätsrat —

Frank.

Sie wollten mich über etwas aufklären.

Florence.

Ach, denken Sie noch daran?

Frank (ernst).

Ich habe mir die ganze Zeit Gedanken darüber gemacht.

Florence.

Ach, lassen wir's lieber, Sanitätsrat.

Frank.

Hm...... Da liegt ja der „Merlin" von Heyse. Sind Sie noch immer nicht damit fertig?

Florence.

Nein.

Frank.

Ja, was ist denn das? Sie halten ja noch an derselben Stelle wie vorige Woche! ... Und was haben Sie denn hier dreifach unterstrichen? ... Lassen Sie doch einmal sehen ... Verse? (Liest.)

Ein Tropfen Schlamm versank
In meinen Lebensbecher.
Nun widert mir der Trank,
Verdursten muß der Zecher.

(Langsam für sich wiederholend) Ein Tropfen Schlamm — (plötzlich von einer Ahnung gepackt) Frau Florence — —!

Florence (ihm zunickend).

Nun wissen Sie's, Sanitätsrat.

Frank (starr).

Florence!

Florence (gebrochen).

Der Mann in der Bettlerkleidung — das ist das Gewissen.

Frank.

Kann ich Ihnen helfen?

Florence (in tiefstem Jammer aufschreiend).

Begreifen Sie nun, weshalb ich kein Lob ertragen kann? Weshalb Euer Vertrauen mich martert? . . . Da gehe ich herum und streue Samen aus für das Gute — ich — ich — der Ekel!

Frank.

Nein, Florence, so dürfen Sie es nicht nehmen. So nicht! Ich kann nicht wissen — wessen Sie sich anklagen, aber das ist mir klar — um das Gute zu wirken, müssen Sie selbst gut geworden sein. — Sie haben sich veredelt, Florence!

Florence.

Mein lieber, lieber Freund, woher nehmen Sie all Ihre lindernden Worte? Wenn dem so wäre!

Frank.

Dem ist so. Wir tragen ganz unbewußt ein Ideal von uns selber in unserer Seele . . . Und diesem Ideal müssen wir nachleben . . . . . müssen es herausmeißeln aus einem Wust schlechter, minderwertiger Eigenschaften . . . . denn wir sind unsere eigenen Bildner, Frau Florence . . . . Und nach und nach haben Sie ein so schönes Bild von sich hergestellt — fast bis zur Selbstvollendung.

Florence (vor sich hinweinend).

Sprechen Sie weiter.

Frank.

So ein Menschenherz . . . das ist wie eine Wunde . . . die nach innen verblutet . . . denn jeder von uns trägt schwer am Leben . . . jeder hat sein Leid, in dem er verstummt.

Florence.

Nur die Glücklichen sollten sprechen — ach, wie schwer fällt oft ein Wort!

Frank.

Und was uns die Menschen zufügten — das läßt sich nie vergessen.

Florence (die Hände ringend).

Nein — nein — Nie!

Frank.

Aber das Leben ist rücksichtslos. Es pocht an, und wir müssen ihm aufthun.

Florence.

Ich bin so lebensmüde.

Frank.

Oeffnen Sie, Frau Florence! Sie sind Gattin und Mutter!

Florence.

Mutter! Haben Sie nie gemerkt, daß ich keine Mutter bin!

Frank.

Dann erschließt sich Ihnen eine neue Pflicht, an der Sie erstarken sollen: wecken Sie in Trude das Kindesgefühl!

Florence (sich aufraffend).

Und in mir die Mutterliebe ... Ich will es versuchen.

Frank.

So ist's recht, Frau Florence.

Florence (aufstehend).

Gehen Sie jetzt zu Ihrer Braut, Sanitätsrat?

Frank.

Ja. Sie erwartet mich wohl schon lange.

Florence.

Wollen Sie ihr Grüße von mir bringen?

Frank.

Ich werde es nicht vergessen.

Florence.
Und wenn sie fragt von... wem diese Grüße kommen?

Frank.
Dann sage ich ihr: Von der Frau, zu der ich in Ehrfurcht aufblicke — bis an mein Lebensende.

Florence.
Das muß Ihnen Gott selber lohnen — ich kann es nicht.

Frank (ab).

Zwölfte Scene.

Florence (vor sich hin starrend).
Soll ich es ihm sagen?... Das ist die Frage, an der ich zu Grunde gehe. — — —

Dreizehnte Scene.

Florence. Trude.

Trude.
Mama! — Hast Du ein wenig Zeit für mich?

Florence.
Du, Trude! — Ich habe immer Zeit für Dich, mein Kind.

Trude.
Dann laß uns zusammen plaudern. Ich habe Dich so viel zu fragen, Mama!

Florence.
Wirklich, Trude?

Trude.
Ich möchte nämlich so schrecklich gern wissen, wie Du zur Musik stehst!

Florence.
Du meinst als Künstlerin?

Trude.
Ja, Mama. Ist es denn war, daß Du im Wasserfall einen Ton rauschen hörst?

Florence.

Wohl, Trude. Und nicht nur im Wasserfall. Auch in der übrigen Welt Alle Geräusche haben ihren besonderen Klang . . . Das ganze Weltall tönt.

Trude.

Ach, Mama, das ist ja wundervoll! Dadurch stehst Du eigentlich der Natur viel näher wie andere Menschen!

Florence.

Ich habe noch nicht darüber nachgedacht.

Trude.

Nein, Mama, Du denkst überhaupt nicht.

Florence (ruhig).

Was willst Du damit sagen, Trude?

Trude.

Daß Du ganz in Empfindungen lebst. Und das trennt uns eigentlich. Denn ich — ich denke, Mama!

Florence.

Zu viel, liebes Kind. Ich wollte es Dir schon oft sagen. Sieh — für mich ist es nicht, aber es schmerzt mich um Papas willen, wenn Du uns so kritisch gegenüberstehst.

Trude.

Das ist doch mein gutes Recht!

Florence.

Das will ich nicht untersuchen, Trude. Aber kindlich ist es jedenfalls nicht. Und glaube mir, Trude, es ist besser, wenn Du Dir Papas . . . . wenn Du Dir unsere Grund= sätze ein wenig gläubiger aneignest.

Trude.

Euere Kleider passen mir nicht. Euere Handschuhe passen mir nicht. Und Euere Grundsätze sollten mir passen? Das ist ja Unsinn!

Florence.

Du hörst nie auf Deine Mutter, Trude. Kannst Du mir nicht ein wenig vertrauen?

Trude.
Nein, Mama, das kann ich nicht!

Florence (schmerzlich).
Wirklich nicht, Trude? Und warum nicht?

Trude.
Weil Du mir mißtraut hast!

Florence.
Ich — Dir?

Trude (aufflammend).
Ja, seit ich verständiger geworden bin, weiß ich das! Mit wie argwöhnischen Blicken hast Du mich betrachtet! Wie selbstverständlich erschien es Dir, wenn ich gefehlt hatte! Oft mußte ich das Böse thun, nur weil ich sah, daß Du es in mir voraussetztest!

Florence (für sich).
O mein Gott!

Trude (immer erregter).
Und dann — nach dem dummen Kinderstreich von damals, stelltet Ihr mich fast unter Polizeiaufsicht. Je älter ich wurde, desto besorgter wart Ihr! Oft habe ich heimlich die Fäuste geballt... Ihr wolltet mich ducken und habt eine Empörerin aus mir gemacht!

Florence (lächelnd).
Trude, mein geliebtes Kind, das ist ja Alles garnicht so. Damit kannst Du mich nicht erschrecken.... Das spiegelt sich nur in Deiner Einbildung.... Du bist ja viel besser als Du weißt!

Trude (in freudigem Staunen).
Ach, Mama — warum hast Du früher nicht so zu mir gesprochen?

Florence.
Vielleicht weil ich Dich nicht genug schätzte. Aber wir kennen uns ja eigentlich noch so wenig. Sag, Trude — willst Du nicht versuchen, ob die Bekanntschaft mit Deiner Mutter der Mühe verlohnt?

3*

Trude (stürmisch).

Ach, liebste Mama, Du bist viel, viel größer wie ich! Ich . . . . ich schäme mich.

Florence.

Komm, Kind, komm an mein Herz. Da sollst Du liegen und vergessen, daß es nicht immer so war.

(Schweigen).

Trude (innig).

Mutter!

Florence.

Mein Kind!

Trude.

Jetzt möchte ich Dir so gerne etwas sagen, Mutter . . .

Florence.

Was ist es, mein Liebling?

Trude.

Aber Du darfst mich nicht auslachen.

Florence.

Wie könnte ich das!

Trude.

Mutter — Sieh mich nicht an! . . .

Florence.

Ganz leise sag mir's.

Trude (flüsternd).

Ich liebe, Mutter.

Florence.

Trude!

Trude (in rasender Auflehnung).

Ich liebe, Mutter, und w i l l doch nicht lieben! Sag, Mutter, ist das immer so?

Florence.

Gott segne Dich, mein Kind.

Trude.

Er steht so hoch über mir! Ich verdiene ihn garnicht mit meinem Trotz, mit meiner Rebellion!

Florence.
Jetzt bist Du gefeit gegen Dich selbst.

Trude.
Nicht wahr, Mama? So fühl' ich auch. Denn ich will ja das Gute — (weinend) trotz allem.

Florence.
Meine süße Trude!

Trude.
Und denke Dir, Mama, er hält mich für so edel und groß. (Lacht) Mich! Mama! Da muß ich mich eilen schnell so zu werden wie er mich glaubt.

Florence.
Wo habt Ihr Euch denn gesehen?

Trude.
Ach, so ziemlich überall, wo ich der Trauer wegen hindurfte, war auch er.

Florence.
Ich habe nie etwas gemerkt.

Trude (unschuldig).
Ach nein, wir waren ja so vorsichtig.

Florence (lächelnd).
Es scheint so, Ihr junges Diplomatenvolk. Aber kennen muß ich ihn doch? Verkehrt er bei uns?

Trude.
Nein . . . aber rate einmal, wer es ist.

Florence (suchend).
Dr. Hillengaß — ?

Trude (hochmütig).
Ach, das ist ja gar kein Mann.

Florence (lächelnd).
Leutnant Burghagen!

Trude.
Der kann ja nichts als Vielliebchen verlieren!

Florence.

Nun, wer ist es denn?

(Während der letzten Worte erscheint Betty und überreicht eine Karte.)

Florence (lesend).

Assessor Westhoven!

Trude (rasch, ihre Hand küssend).

Sei mir gnädig, Mama. (Ab.)

Florence (starr, voll Grauen ihr nachblickend).

Der — Der —

Vierzehnte Scene.

Florence. Westhoven.

Westhoven.

Gnädige Frau, ich bedarf meines ganzen Mutes, um bei Ihnen einzudringen — denn ein Eindringen ist es ja wohl, trotz der freundlichen Aufforderung Ihres Herrn Gemahls —

Florence (für sich).

Also das — das — ist die Ueberraschung — — — —

Westhoven.

Ich habe mir so oft vorgestellt, mit welchen Worten ich Sie gewinnen wollte, und jetzt . . . . bitte . . . kommen Sie mir doch ein wenig zu Hülfe, gnädige Frau.

Florence (Platz anbietend).

Herr Assessor —

Westhoven.

Das klingt — fast wie eine Verabschiedung, gnädige Frau. Bitte, lassen Sie mich vor Ihnen stehen . . . es wird mir weniger ungewohnt vorkommen, auf diese Weise von Ihnen übersehen zu werden.

Florence (bitter).

Haben Sie das gemerkt?

Westhoven.

Wenn ich so vor Ihnen stand in Gesellschaft — im Kreise der anderen jungen Leute — die Sie freundlich anlächelten — da kam ich mir vor wie ein Ausgestoßener. Denn ich ... ich hatte Sie vom ersten Augenblick an verehrt, und Sie — mißachteten mich.

Florence (ablehnend).

Sie übertreiben, Herr Assessor.

Westhoven.

O nein, gnädige Frau! Man sieht so scharf in der Eifersucht. Und ich war so rasend eifersüchtig auf meine Freunde, die Sie bevorzugten ... Da wünschte ich sehnlichst in Ihre Nähe zu kommen und Ihr Urteil über mich korrigieren zu dürfen . . . .

(Pause.)

Westhoven.

O, gnädige Frau, auch jetzt, ich fühle es, erregen meine Worte Ihr Mißfallen. Vielleicht erscheint es Ihnen unwert eines Mannes, da sein Herz zu öffnen, wo es verschmäht wird. Aber ich habe von Anbeginn nicht anders gekonnt als offen gegen Sie zu sein — wenn auch nur in Gedanken.

Florence.

Sie irren, Herr Assessor, wenn Sie mein Schweigen — Ich bitte, nehmen Sie Platz, Herr Assessor . . . . . Ich muß Ihnen das Geständnis machen, daß Ihre Art und Weise das Vorurteil, das ich gegen Sie hatte, ausgelöscht hat.

Westhoven (aufjubelnd).

O, Sie machen mich glücklich, gnädige Frau!

Florence.

Ich glaubte — gleichviel was — — — Ihre schlichten Worte haben mich eines Besseren belehrt. Und trotz alledem, Herr Assessor, bitte ich Sie jetzt — jedes wärmere Interesse, das Sie für irgend ein Mitglied dieses Hauses hegen, zu unterdrücken. Denn es ist das erste und letzte Mal, daß Sie diese Schwelle überschritten haben.

Westhoven (fassungslos).

Gnädige Frau ... verstehe ich Sie recht ... Sie verbieten mir geradezu ... nachdem Sie in so gütiger Weise — O mein Gott! ...

Florence.

Ganz recht, Herr Assessor! Ich verbiete Ihnen dieses Haus! Ich verbiete Ihnen diese Räume! Ich verbiete Ihnen den Gedanken an seine Bewohner!

Westhoven (aufspringend).

Aber das kann Ihr Ernst nicht sein!

Florence.

Wenn Sie diese Thür hinter sich geschlossen haben, dann schütteln Sie das jüngste Erlebniß Ihres Herzens ab wie einen Traum, den Sie vergessen sollen.

Westhoven (erregt).

Das jüngste Erlebniß ... Verzeihen Sie, gnädige Frau. Aber Sie scheinen nicht zu wissen, wie grausam Sie mit mir spielen. Für mich giebt es kein jüngstes Erlebniß! Was ich für Fräulein Trude empfinde, ist meine erste Herzensneigung! Denn ich liebe Ihre Tochter mit der ganzen Kraft meiner Seele!

Florence (für sich).

Das ist ja zum Wahnsinnigwerden —

Westhoven.

Ich hatte nicht die Absicht es heute auszusprechen ... ich hoffte mir würde Gelegenheit langsam um Ihr Vertrauen zu werben ... Sie stürzen mich aus allen meinen Himmeln ... zerbrechen meine Wünsche wie ein Rohr — ja, können Sie es denn über's Herz bringen, so zu handeln?

Florence (dumpf).

Ich muß.

Westhoven.

Warum? Was habe ich Ihnen gethan?

Florence.

Fragen Sie nicht!

Westhoven.

Doch! Ich will es wissen! Ich habe Sie verehrt wie eine Mutter, Sie aus der Ferne — angebetet . . . Sie heißen mich auf alles verzichten . . . ich habe keine Zukunft mehr . . . Denken Sie ich sei Ihr Sohn, den Sie wegen eines unbewußten Frevels strafen, aber — um der Barmherzigkeit willen — sagen Sie ihm, w a r u m Sie es thun!

Florence.

O über mich — auf mein Haupt — Alles auf mein Haupt — Vater im Himmel!

Westhoven.

Gnädige Frau, verzeihen Sie . . Sie leiden auch. Ich . . . ich war so egoistisch. Ich schäme mich . . . ich hätte gefaßter sein sollen . . . Aber es ist das Schwerste in meinem jungen Leben . . . (Bricht in Schluchzen aus.)

Florence.

Es macht Ihnen Ehre . . . ich würde Sie weniger achten . . . hätten Sie es leichter genommen.

Westhoven.

Wie wird s i e es tragen!

Florence (sich an den Kopf fassend).

Nicht davon, nicht davon reden!

Westhoven.

Ist es denn unwiderruflich?

Florence.

Glauben Sie nicht, daß es durch irgend etwas von Ihnen abgewendet werden kann.

Westhoven (beschwörend).

Mit meinem besten Willen, mit meinem innigsten Flehen kann ich es uns beiden nicht ersparen? O — — hätte ich meinen Vater, daß e r für mich bitten könnte!

Florence (voll Grauen).

Ihren — Vater . . .

Westhoven.

Ja, ihn — der mit seinen Bitten Menschenherzen erweichen konnte wie keiner. Ach, er würde auch Sie rühren!

Florence (sich schüttelnd).

Mich — mich! — Genug!

Westhoven.

Ach, Sie kannten ihn nicht!

Florence (geringschätzig).

Sie . . . verehrten ihn also?

Westhoven (ernst).

Er war mein Vater . . . (Schmerzlich) Aber ich suchte ihn nicht nachzuahmen. Ich wollte anders werden wie er. Denn gerade seine Genialität erfüllte mich mit Entsetzen. Mir graute vor dieser Größe, die so viele Menschen zugrunde richtete — und so wurde ich der Durchschnittsmensch, der ich bin.

Florence.

Er — ist — tot — — nicht wahr — — —

Westhoven.

Ja. — Sein Tod war leicht wie sein Leben. Und doch . . . w a r denn dieses Leben ein so leichtes?

Florence (bitter).

Sie zweifeln?

Westhoven.

Ja. Er schien mir unglücklich, trotz aller Erfolge, trotz aller Huldigungen. Ach — wie viele Frauen müssen ihn geliebt haben!

Florence.

Und wie viele hat er verlassen?

Westhoven (erschrocken).

Gnädige Frau, Sie kannten ihn — Mein Gott, kannten Sie meinen Vater!?

Florence.

Ober—flächlich.

Westhoven.
Sie sprachen das so seltsam.

Florence (beherrscht).
Wie Eine, die Mitleid hat mit Verlassenen.

Westhoven.
Und mit uns haben Sie kein Mitleid?

Florence.
Ich sagte Ihnen schon: Ich kann nicht anders.

Westhoven.
Und Sie beharren auf Ihrem Entschluß mir nicht den Grund zu sagen?

Florence.
Doch! — Ich werde Ihnen schreiben... Mein Wort darauf!

Westhoven.
Gnädige Frau... Sie wünschen, daß ich gehe.... Verzeihen Sie, wenn ich mich nicht trennen kann, obschon ich sehe... daß ich nur zu Ihrer Qual beitrage... Also keine Hoffnung?... Leben Sie wohl, verehrte Frau... (Geht ein paar Schritte. Zurückkehrend). Keine?!... Leben Sie wohl.

Florence (rufend).
Assessor Westhoven!

Westhoven.
Gnädige Frau!

Florence.
Sie haben sich... meinen Sohn genannt... denken Sie, eine Mutter nähme von Ihnen Abschied.... (Nimmt seinen Kopf in beide Hände und küßt ihn auf die Stirn).

Westhoven (vor ihr knieend).
Gnädige Frau, was machen Sie aus mir!

Florence.
Verzeihen Sie mir, was ich Ihnen anthue!

Westhoven.

Ich Ihnen . . . Mir ist, als ob mein Unglück langsam versinke in dem Meer von Jammer, das aus Ihren Worten spricht.

Florence.

Gehen Sie jetzt. — —

Westhoven.

Und sprechen – darf ich sie nicht noch einmal sprechen?

Florence.

Nein.

Westhoven.

Gut, gut . . . Es muß wohl so sein . . . Aber sagen dürfen Sie ihr doch, daß ich sie liebe . . . über Alles?

Florence (mit letzter Kraft).

Sie soll es erfahren.

Westhoven.

Und wenn ein Schimmer von Hoffnung — (verzweifelt) Nein, das ist ja nicht möglich . . . Leben Sie wohl. — (ab.)

Fünfzehnte Scene.

Florence (in wildestem Seelenschmerz).

Ich will mein Leben noch einmal leben! Ich will anders leben! Gebt mir mein Leben zurück! Keine Vergangenheit! Ach, Keine! Einen Moment sich rein träumen. Einen Moment nur. Nur so lange als ein Pulsschlag die müde Blutwelle zum Herzen treibt . . . . Ach — wie wohl! . . . . Abschütteln, abstreifen — Alles . . . Alles . . . was mich ängstigt, was mich quält . . . So . . . so . . . jetzt ist es weg — — Nein, nein, ich Närrin! Für mich giebt's ja keine Ruhe! Für mich giebt es keine Vergebung . . . Ich muß ja mein Kind opfern! — — —

Sechzehnte Scene.

Florence. Trude.

Trude (behutsam die Thüre öffnend).

Mutter, ist er fort? — (auf sie zueilend) Bin ich nicht tapfer, daß ich ihn gehen ließ, ohne... Aber ich hatte ja versprochen, Euch nicht zu stören. Er meinte, wenn er mich sähe, könnte er Dir nicht Alles so sagen, wie er wünschte. Denke Dir — ich ihn aus der Fassung bringen... Ihn! Ach — wenn Du wüßtest, wie ich auf diesen Tag gewartet habe!... Uebrigens ... rufen — rufen hättet Ihr mich doch können! Nun, ich seh' ihn wohl bald! Sag, Mamachen, hat er Dich auch so bezaubert?

Florence.

Er ist ein ganzer Mann.

Trude (sie stürmisch umschlingend).

Ach, süße Mutter, wie glücklich machst Du mich! Gesteh' ich Dir's nur, ich hatte Angst! Denn oft schien es mir — — Aber das ist ja Alles Unsinn. Bitte, bitte, Mama, lad' ihn mir doch recht schnell ein.

Florence.

Wir wollen sehen, Trude —

Trude (in glücklichem Uebermut).

Nein, Mamachen, so entkommst Du mir nicht! Bestimmen wir gleich einen Tag!

Florence.

Das geht nicht so rasch.

Trude.

Ja, warum denn nicht? — Mein Gott, Mama, wie siehst Du denn plötzlich aus!

Florence (sich bezwingend).

Es ist nichts, Trude. Ich bin müde. Laß mich allein mein Kind.

Trude.

Doch, Dir ist unwohl! Soll ich nach dem Sanitätsrat schicken?

Florence.
Nein.

Trude.
Mama — verzeih mir — aber es beunruhigt mich — —
Ist etwas vorgefallen?

Florence (mühsam).
Nicht das Geringste, mein Kind . . . Willst Du jetzt nicht auf Dein Zimmer gehen?

Trude.
Ich könnte jetzt doch nichts arbeiten, Mama.

(Schweigen).

Trude.
Mama . . . hat er mich nicht wenigstens . . . grüßen lassen?

Florence.
Ich soll Dir sagen, er liebe Dich über Alles.

Trude.
Ach, ich Glückliche! . . . Ja, aber warum, Mama, läßt er mir das durch D i c h sagen? So etwas l ä ß t man doch nicht sagen? So etwas sagt man doch s e l b s t!

Florence.
Ich weiß nicht, Trude . . . Mir ist sehr schlecht . . . Laß mich ein wenig ruhen . . .

Trude (scharf).
Mutter, Du verbirgst mir etwas! Sag mir's gleich!

Florence.
Ich versichere Dich —

Trude.
Nein, ich verlange es von Dir! — Oder willst Du, daß ich mich an i h n wende?

Florence (gebietend).
Das thust Du nicht!

Trude.

Warum nicht? Ich bin seine Braut! Mich dünkt, ich habe ein Recht darauf zu wissen, was hier vorgegangen ist!

Florence.

Trude, Trude, wo sind Deine Versprechungen!

Trude.

Liebe Mutter, es handelt sich hier um mein Lebensglück.

Florence (wankt).

Trude.

Warum läßt Du Assessor Westhoven nicht sofort ein?

Florence (schweigt).

Trude.

Warum hast Du mich nicht gerufen, ehe er ging — wie es so natürlich gewesen wäre?

Florence (schweigt).

Trude.

Warum richtest Du mir eine Botschaft von ihm aus, die einem Abschied gleichkommt?

Florence (schweigt).

Trude.

Mutter, antworte mir!

Florence (will sprechen. Die Worte versagen ihr).

Trude.

Mutter, Du sagtest, ich solle Dich kennen lernen .... Liebe Mutter, ich möchte nicht gleich meinen schönen Glauben an Dich verlieren ... Meine liebe Mutter, Du willst Dein Kind nicht zu Grunde richten, nicht wahr!

Florence.

O Trude —!

Trude (weich).

Nicht wahr, Du wolltest mich auf die Probe stellen? O, ich gestehe Dir's, ich war feige — das alte böse Mißtrauen kam wieder über mich — Verzeih mir, Herzensmama. (Zu Thränen ausbrechend) Aber hab' Mitleid mit Deinem Kind ...

Florence (entschlossen).

Trude, komm zu mir her. Wir wollen zusammen sprechen wie zwei Freundinnen. Denn jetzt bin ich Dir volle Offenheit schuldig.

Trude (angstvoll).

Ja, Mama, sag' mir Alles.

Florence.

Glaubst Du jetzt, daß ich Dich liebe, Trude?

Trude.

Ja, Mama.

Florence.

Und daß ich jedes Opfer für Dich bringen könnte?

Trude.

Wenn Du es sagst, Mama.

Florence.

Und wenn ich Dir dennoch versagen muß, was Du als Dein größtes Glück betrachtest, bist Du überzeugt, daß ich mehr dabei leide als Du?

(Pause.)

Trude.

Sprich weiter, Mama.

Florence (leise).

Trude, es ist unmöglich, daß Du Dich ferner als Assessor Westhovens Braut betrachtest.

Trude (fährt zusammen, sofort wieder ruhig).

Warum, Mama?

Florence.

Die Gründe, mein Kind . . . wird Deine Mutter Dir einmal sagen . . . später — — wenn Du es verlangst. Jetzt geht es über meine Kräfte.

Trude (bitter).

Und bis dahin, Mama?

Florence.

Was meinst Du damit, mein Herz?

Trude.

Wie ich bis dahin mein vernichtetes Leben weiterschleppen soll —

Florence.

Trude!

Trude.

Nicht schreien, Mama. Es führt zu nichts.

Florence (beschwörend).

Trude, laß uns zusammen halten!

Trude (kalt).

Ich danke Dir, Mama.

Florence.

Trude, ich will Dich vom heutigen Tage an hegen und pflegen als mein Liebstes . . . . Dir alles ersetzen . . . .

Trude (schneidend).

Ich sagte Dir schon — ich danke, Mama.

Florence.

Trude, was willst Du thun?

Trude (mit scharfem Accent).

Denken! (Ab.)

Siebzehnte Scene.

Florence (in schwerem Kampf, eilt dann zur Klingel und läutet).
Betty (erscheint).

Florence.

Betty, gehen Sie rasch zu Sanitätsrat Frank! Sagen Sie ihm, daß ich ihn erwarte! — Nein, nein, bringen Sie ihn gleich selbst mit! Eilen Sie! Eilen Sie!

Betty.

Ja, gnädige Frau. (Ab.)

Achtzehnte Scene.

Florence (mit festem Entschluß).

Heute Abend ... wenn er kommt ... soll er sein Weib richten. (Ab.)

Neunzehnte Scene.

Trude

(erscheint an der Thüre ihres Zimmers und lauscht, ob niemand da ist. Dann tritt sie vollständig heraus, in Hut und Umhang, ein Täschchen in der Hand. Sie bleibt einen Augenblick stehen, sieht sich um, wie um Abschied zu nehmen und geht dann rasch durch die Mittelthüre ab).

Zwanzigste Scene.

Frank (gefolgt von) Betty.

Frank (atemlos).

Wo ist denn die gnädige Frau, Betty?

Betty.

In ihrem Zimmer, Herr Sanitätsrat.

Frank.

Es ist gut.

Betty (ab).

Einundzwanzigste Scene.

Frank. (Später) Florence.

Frank (klopft an ihre Thüre).

Frau Florence!

Florence (herausstürzend).

Sie sind es, Sanitätsrat ... Endlich ... Ich verzehre mich ... Kommen Sie rasch! ... Sprechen Sie mit Trude!

Frank.

Ruhe! Ruhe! Was ist denn vorgefallen?

Florence (außer sich).

Der Mann in der grauen Bettlerkleidung ist gekommen.

Frank.

Um Gotteswillen!

Florence (mit irrem Lachen).

Die Vergangenheit hat angeklopft.

Frank (beschwörend).

Liebe Frau Florence, fassen Sie sich!

Florence.

Ich bin gefaßt. Für mich gefaßt. Nur daß ich ihr alles genommen habe ... die Mutter dem Kinde ... das ... das ... begreifen Sie ...

Frank (erschüttert).

Du mein Gott!

Florence (händeringend).

Ich habe mir die Vergeltung vorgestellt — hundertmal. Ich wollte alles auf mich nehmen — — Schmach und Verlassenheit. Aber nur mich sollte die Rächerhand treffen. Nur mich! ... Nicht die ich liebe ... Nicht die Unschuldigen — o Sanitätsrat! ...

Frank (leise).

Das ist ja die Vergeltung, daß wir die Teuersten durch unsere Schuld mit vernichten.

Florence.

Und jetzt — jetzt sitzt sie da drinnen ... sie, der ich ihr junges Liebesglück zerstört habe ... und brütet ... und lebt sich hinein in eine Menschenverachtung ... in eine Verachtung ihrer Mutter — —

Frank (entsetzt, den Zusammenhang erratend).

Frau Florence! Assessor Westhoven war da!

Florence (außer sich).

Sie haben also gewußt, daß er kommen würde! Sie wußten es und warnten mich nicht! Und heißen mein Freund! Und wollen es sein!

Frank (eindringlich).

Liebe Frau Florence! Ich ahnte ja garnicht wie das alles zusammenhing — —!

4*

Florence (die Hand an die Schläfen legend).

Es ist wahr ... Verzeihen Sie ... Sie sehen ja, daß ich von Sinnen bin.

Frank.

Wie hat sie es aufgenommen?

Florence.

Ich weiß nicht. Wenn ich es mir zurückrufe, packt mich die Angst. In ihrer kalten verschlossenen Art stand sie da und sagte — sie wolle denken.

Frank (schnell).

Lassen Sie mich zu ihr.

Florence.

Gehen Sie! Gehen Sie! Sie sind ja der Einzige, der etwas über sie vermag. Das heißt — jetzt sind Sie der Einzige.

Frank.

Ist sie da drinnen?

Florence.

Ja, klopfen Sie nur.

Frank (pocht an Trudens Thüre).

Sie hört mich nicht.

Florence.

Klopfen Sie doch stärker!

Frank.

Trude ... Ich bin es ... Onkel Sanitätsrat .. Antwortet mein kleiner Federwisch nicht?

Florence (fiebernd).

Oeffnen Sie doch die Thüre, Sanitätsrat!

Frank.

Vielleicht schläft sie nach all dem Kummer.

Florence (befehlend).

Oeffnen Sie! Ich will es!

Frank (öffnet die Thüre, tritt auf die Schwelle und sieht hinein).

Sie ist nicht hier.

Florence.

Sie ist nicht hier . . . .

Frank.

Das Zimmer ist leer —

Florence.

Nein!

Frank.

Sehen Sie selbst!

Florence (aufschreiend).

Leer! Wo kann sie . . . (von der Gewißheit gepackt) Ah dort . . . dort ist sie! — Bei ihm! Ich hab sie dazu getrieben. Ich — ich — die Mutter . . . (Bricht in Lachen aus.)

Frank.

Um Gotteswillen, hören Sie auf!

Florence (außer sich).

Sie hat mir ja damit gedroht, ich hätte ja wissen müssen wie sie handelte — denn sie ist ja **mein Kind**!

Frank (mit Thränen kämpfend).

Frau Florence —

Florence.

Eilen Sie! Retten Sie! — wenn noch etwas zu retten ist.

Frank.

Ah, beruhigen Sie sich. Sie irren dennoch. Sie müßte mir ja begegnet sein —

Florence (mit schneidender Bitterkeit).

Die — o — die kennt die Wege, die man nimmt. Sie ist durch den Garten.

Frank.

Ach . . . . Mein Wagen steht unten. Ich fliege hin . . . Ich bringe sie Ihnen zurück. (Ab.)

Zweiundzwanzigste Scene.

Florence (in dumpfer Verzweiflung).

Jetzt kommt er. Er soll nicht kommen. Jetzt nicht kommen. Herrgott, die langen, langen Jahre und jetzt so kurze Frist ... Nun ist das Gericht hereingebrochen über ein armes Menschenleben, und er eilt hierher sich zu erfrischen, nach all dem Häßlichen .... Hierher! .... Und muß noch einmal richten, da wo er angebetet hat. (Zusammenfahrend). Ah ... Er! —

Dreiundzwanzigste Scene.

Florence. Verbandt.

Verbandt.

Guten Abend, Florence!

Florence.

Guten Abend.

Verbandt.

War das nicht der Wagen des Sanitätsrats, der so rasend die Straße entlang fuhr?

Florence.

Es kann wohl sein.

Verbandt.

War er bei Dir?

Florence.

Einen Augenblick, ja.

Verbandt (auf sie zueilend).

Du hast ihn rufen lassen, Florence? Du bist kränker? Um Gotteswillen, sag' mir's.

Florence.

Es ist schon vorüber. Sorge Dich nicht.

Verbandt (aufatmend).

Florence, Du solltest Dich schonen. Viel mehr schonen. Um meinetwillen, mein geliebtes Weib.

Florence.

Ich thue ja nichts, Albrecht.

Perbandt.
Doch! Der Tag wird Dir zu schwer.

Florence.
Da kannst Du recht haben!

Perbandt.
Aber jetzt ist es Abend, und Du sollst ausruhen. Sieh nur, die Sonne ist schon fort. Laß uns das Fenster nach dem Garten öffnen.

Florence (für sich).
Jetzt mag er angekommen sein.

Perbandt.
Sagtest Du etwas?

Florence.
Ich glaube . . . es hat sich abgekühlt.

Perbandt.
Ja, es ist eine wundervolle Luft. Komm, laß uns die schönen Stunden recht genießen. Nein, warte! Erst will ich Dir ein bequemes Plätzchen bereiten! (Rückt einen Sessel an das Fenster.) So! Noch ein Kissen . . . und nun ein Tabouret für die kleinen müden Füße . . . So, Florence . . Ist das nicht herrlich?

Florence.
Ich danke Dir, Du Guter.

Perbandt (eine Cigarre anzündend).
Erlaubst Du?

Florence.
Du weißt, ich habe es gerne.

Perbandt.
Ach, Florence, auch hinter mir liegt ein schwerer Tag!

Florence (in Seelenangst).
Wie viel Uhr ist es jetzt?

Perbandt.
Bald sechs Uhr. (Schmerzlich.) Wenn ich bedenke, in welcher Situation ich mich vor zwei Stunden noch befand!

Florence.

Dein Beruf bringt viel Qual mit sich, Albrecht.

Perbandt (die Augen bedeckend).

Das thut er — (Freudig.) Und doch — ich möchte ihn mit keinem anderen tauschen. Gesetz und Ordnung aufrecht=halten und in den faulen Sumpf menschlicher Laster wie ein reinigender Luftstrom fahren — nimm es einmal von diesem Standpunkt aus!

Florence (verzweifelt, für sich).

Noch immer nicht.

Perbandt.

Und nun laß uns nicht mehr davon sprechen. Ein Eckchen muß man haben, in dem man ohne Sorgen träumen kann . . . Und wie behaglich hast Du mir mein Heim zu machen gewußt, Florence! Wie trägt alles Dein Gepräge, mein süßes Weib!

Florence (flehend).

L o b e mich nicht, Albrecht.

Perbandt.

Doch, ich w i l l Dich loben! Ich kann ja nicht anders . . . Wenn ich bedenke w i e Du hier waltest, geräuschlos wie eine Fee und ach — oft in Schmerzen!

Florence.

Nur manchmal . . . .

Perbandt (grollend).

Du s o l l s t nicht leiden — ich will es nicht -- -- — Wir müssen bald weg dieses Jahr. So geht es nicht länger . . . Und Trude nehmen wir auch mit.

Florence (aufstehend).

Trude —

Perbandt

Ja, wo ist denn das Mädchen?

Florence (auf und nieder gehend).

Sie ist . . . ein wenig . . . ausgegangen . . .

Perbandt.

Ausgegangen? Um diese Stunde? Knapp vor dem Essen? Du weißt doch, Flory, daß ich Euch gerne zusammen sehe, wenn ich heimkomme.

Florence.

Der Sanitätsrat hat sie — er wird sie auch wieder= bringen.

Perbandt.

So? Frank nahm sie mit sich? (Lachend.) Na ja, da kann ich mir auch das unsinnige Fahren erklären. Wenn meine Tochter im Wagen saß! (Zu ihr hintretend.) Sag, Florence, bist Du mir sehr böse?

Florence.

Ich — Dir?

Perbandt.

Ja, Kind, wegen der Ueberraschung von heute morgen.

Florence.

Ah — so . . .

Perbandt.

Denn Westhoven war doch da!

Florence.

Ja . . .

Perbandt.

Nun, und da Du ihn gesprochen, was sagst Du?

Florence (abwehrend).

Lieber Albrecht, laß uns in dieser Stunde nicht davon reden.

Vierundzwanzigste Scene.

Die Vorigen. Frank. Trude.

Frank (faßt Trude am Arm und sucht sie zurückzuhalten. Halblaut:)

Trude, nimm Vernunft an, es ist Deine Mutter.

Trude (sich losreißend, geht mit funkelnden Augen auf Perbandt zu).

Na, Papa — Guten Abend.

Florence.

Endlich ... (Nach einem Blick auf sie.) Gott! —

Perbandt.

Guten Abend, Trude. Wie siehst Du denn aus?

Trude.

Wie soll ich aussehen, Papa! Vergnügt sehe ich aus! Ich denke, das merkst Du mir doch an! (Bricht in Lachen aus.)

Perbandt (ernst).

Frank, was hast Du mit Ihr angestellt?

Frank.

Das rasche Fahren hat sie erregt ... Trude, mein Kind, ich bitte Dich inständig — geh auf Dein Zimmer!

Trude.

Beileibe nicht! Hier wird es ja jetzt mit einem Male interessant! ... — Grüßen kann ich Dich auch, Papa —!

Florence.

Trude — jetzt sprichst Du kein Wort weiter!

Trude (mit verächtlichem Achselzucken).

Ah, Du —! Weißt Du auch von wem ich Dich grüßen soll, Papa?

Perbandt.

Trude, ich verbiete Dir diesen Ton mit der Mutter!

Trude (ohne zu hören).

Von Assessor Westhoven soll ich Dich grüßen!

Perbandt.

Ja — hast Du ihn denn gesprochen?

Trude.

Heute Morgen? O nein! — Da konnte man mich nicht brauchen!

Frank (auf sie einredend).

Trude, ich mache Dich verantwortlich für Alles —!

Trude.

Ganz wie Du willst, Onkel Sanitätsrat!

Frank.

Albrecht, ich verlange es als Arzt! Schick sie auf ihr Zimmer! Sie spricht im Fieber! Mir zu liebe heiß sie gehen!

Verbandt (von Einem zum Andern sehend).

Laßt sie sprechen!

Trude (triumphierend).

Siehst Du wohl, Onkel? Ich wußte ja, daß Papa sich für die Sache interessieren würde!

Verbandt (mit gebietendem Ernst).

Trude, komm hierher. Sprich geordnet und antworte auf meine Frage. Wann hast Du Assessor Westhoven gesprochen?

Trude.

Eben, Papa. Vor einer Stunde. (Für sich.) Ja, vielleicht war es erst vor einer Stunde.

Verbandt.

Vor — einer — Stunde! Du hast ihn begegnet?

Trude.

Nein, Papa. Ich suchte ihn auf.

Verbandt (taumelnd).

Erkläre mir . . . Was soll das heißen?

Trude.

Was das heißen soll?

Verbandt.

Wo suchtest Du ihn auf?

Trude (krampfhaft ausgelassen).

Wo sucht man die Leute auf? In ihrer Wohnung natürlich!

Verbandt (schreiend).

Trude!

Trude.

Ich mußte doch erfahren, Papa, warum ich ihn nicht heiraten darf . . . . .

Verbandt (sich an die Stirn greifend, Florence fixierend).

Warum Du ihn — Trude — geh — geh . . . um Gotteswillen geh . . . sonst — — —

Frank (auf ihn zustürzend).

Nimm Dich zusammen, Albrecht!

Trude.

Nein, Papa, ich gehe n i c h t! Ich halte Dir Stand! Töte mich, wenn Du willst! Das wäre auch vielleicht das Beste . . . Ich weiß, was ich in Deinen Augen gethan habe! Ich bin kompromittiert . . . Man hat mich gesehen . . . denn ich hatte es ja darauf angelegt . . . Ich konnte nicht von ihm lassen und deshalb ging ich hin! Ich wollte — s i e ja zwingen ihre Einwilligung zu geben. Aber ich danke — j e t z t will ich selber nicht mehr. —

Verbandt.

Bin ich denn verrückt? Ist das mein Kind, das so spricht?

Trude (mit Thränen).

Ja, Papa — nicht wahr, wie man sich ändern kann? . . . In so kurzer Zeit . . . Das heißt . . . geändert hab' ich mich gerade nicht. Im Gegenteil — entwickelt . . . (Brütend.) Aber ich hätte mich auch ganz anders — gleichviel.

Verbandt.

Und er — Er!

Trude.

O Er! — Ihn trifft kein Vorwurf! Er war ebenso entsetzt wie Du. Er wollte mich fortbringen. Da kam Onkel Sanitätsrat.

Frank.

Trude, was hast Du gethan!

Trude (mit dumpfem Groll).

Was ich von jeher gethan habe. Zu viel oder zu wenig. Er hätte mich das Rechte gelehrt. Trotz seiner Naivetät. Denn Er in seiner übermenschlichen Güte verstand ja gar nicht. Um so schnell zu verstehen wie ich, muß man ja schlecht sein . . . Er wollte getrost Mamas Brief erwarten. Den hatte ich nicht mehr nötig — ich — nachdem er mir die ganze Unterredung wiederholt.

Perbandt.

Schweig! . . . Auf Dein Zimmer! — sogleich! -

Trude.

Das thue ich, Papa! Du brauchst nicht zu drohen! Aber schließe mich nicht ein wie Deine Sträflinge! Das würde Dir nichts mehr nützen bei mir! Denn jetzt — jetzt kann ich mich selbst befreien! — (Ab.)

Fünfundzwanzigste Scene.

Florence. Perbandt. Frank.

Perbandt (auf Florence zustürzend und sie beim Handgelenk fassend).

Verteidige Dich!

Florence (sich losmachend).

Sanitätsrat, Sie sehen, wir Beide müssen jetzt allein sein. Leben Sie wohl, mein alter Freund, und haben Sie Dank — für Alles.

Frank.

Frau Florence — meine Braut und ich — wir —

Florence.

Sie zeigen mir das Ende vom Anfang. Nein, mein Freund, den Ausweg ergreife ich nicht! Und nun — leben Sie wohl.

Frank (legt Perbandt die Hand auf den Arm).

Sie hat Dich siebzehn Jahre glücklich gemacht. Vergiß das nicht. (Ab.)

Sechsundzwanzigste Scene.

Perbandt. Florence.

Perbandt.

Rede!

Florence.

Das will ich, Albrecht! Es muß klar werden zwischen Dir und mir.

Verbandt.
Keine Ausflüchte! Herunter mit der Maske!

Florence.
O, Albrecht —

Verbandt.
Warum verbotest Du Trude die Verlobung mit Assessor Westhoven?

Florence.
Laß mich Dir antworten, wie es mir ums Herz ist.

Verbandt.
Du antwortest wie ich Dich frage!

Florence (das Haupt neigend).
Auch . . . das . . .

Verbandt.
Warum kann Trude Assessor Westhoven nicht heiraten?

Florence (flüsternd).
Weil meine Vergangenheit dazwischen steht, Albrecht.

Verbandt (stößt einen Schrei aus).

Florence.
Du hast es geargwohnt, Albrecht!

Verbandt (stöhnend).
Geargwohnt, geargwohnt — heißt das daran glauben?

Florence.
Könnte ich es Dir ersparen!

Verbandt.
Den Namen will ich wissen!

Florence (leise).
Assessor Westhovens Vater.

Verbandt.
Nein — nein — sag' nein! Das kann eine Mutter nicht! Das kann sie nicht! Bedenke, daß es Dein Kind ist! Eine Mutter stirbt für ihr Kind!

Florence (schwer).

Es stand nicht mehr in meiner Macht es ungeschehen zu machen.

Perbandt.

Da drinnen sitzt sie, die Unglückselige! Wozu hast Du sie getrieben! Du .... Du .... die Mutter!

Florence.

Ich habe mein Kind zu grunde gerichtet. So rächt sich die Vergangenheit.

Perbandt.

Und die das sagt, ist mein Weib — mein Weib, das ich angebetet habe und das mich betrogen, siebzehn Jahre betrogen .... O —

Florence (gebrochen).

Du warst mein Alles, Albrecht.

Perbandt.

Ach, schweig! Mich schüttelt es. Aber jetzt hilft Dir keine Verstellung mehr. Jetzt sollst Du Deine Schuld gestehen!

Florence.

Das will ich, Albrecht ... Sei mir ein gnädiger Richter!

Perbandt.

Rede!

Florence.

Ehe ich Dich kannte, Albrecht, stand ich in der Gewalt eines Anderen. Es war eine fascinierende unwiderstehliche Gewalt, der ich erlag.

Perbandt (mit bitterm Lachen).

Der Gewalt von Assessor Westhovens Vater, meinst Du doch wohl .....

Florence (leise).

Ja ... Wir sahen uns häufig. Wir musicierten. Er warf seine Netze nach mir aus. Immer dichter umschlossen mich die Maschen. Ich merkte es und hätte gern geschrieen. Aber ich konnte mich nicht wehren — Er sah mich an, da zog er das Netz zu.

Perbandt (auffahrend).

Und das duldete Dein Vater!

Florence (traurig lächelnd).

Du nanntest ihn ja einen Ehrenmann, Albrecht . . . . . Ich — o, ich mache keine Vorwürfe. Niemandem. Aber dennoch . . . Papa war die Ursache meines Unglücks. Denn ihm war nichts heilig. Schönheit und Freiheit waren seine einzigen Leitsterne. Höhere Prinzipien hatte er nicht.

Perbandt.

Und in dieser Atmosphäre bist Du aufgewachsen?

Florence.

Ja. Man hatte mich nichts gelehrt, woran ich mich halten konnte. Ich fühlte keine Hand über mir . . .

Perbandt.

Fahre fort!

Florence.

Jetzt kommt das Schwerste, Albrecht.

Perbandt.

O, was Du gethan, das kannst Du doch auch aussprechen!

Florence (entsetzt).

Um Gotteswillen, in welchem Tone redest Du?

Perbandt.

Sprich weiter, sprich weiter!

Florence (verzweifelt).

O, Albrecht, warum war ich so ganz verlassen? Warum hatte ich niemanden zur Stütze, niemand, der mein junges Leben leitete!

Perbandt (mit stillem Grimm).

Erzähle mir doch mehr von . . . ihm . . . von Assessor Westhovens Vater.

Florence.

Ach — Alle unterjochte er. Ueberstrahlte jeden an Geist und Talent. Er beschäftigte sich mit mir, mit der sich niemand beschäftigte . . . . Und dann die Musik, die uns verband!

Das darfst Du nicht vergessen. (Schwer.) Hast Du nie gemerkt, Albrecht, daß die Musik die Menschen kraftlos macht, willenlos hingegeben einer Welt von Gefühlen?

Perbandt.

Weiter! Weiter!

Florence.

Er liebte mich. Ich wußte es. Und ich sah zu ihm auf wie zu einem Gott. Er hatte mich ganz gefangen genommen. Ganz . . . . Und da, eines Abends, berauscht von Musik und Liebesworten — o, Albrecht . . . . .

Perbandt (knirschend).

Ah — Ihr Elenden!

Florence.

Am nächsten Tag erhielt ich einen Brief. Er war abgereist.

(Schweigen.)

Perbandt.

Und dann bist Du mein Weib geworden! So bist Du in die Ehe getreten! So, so — o pfui!

Florence.

Richte mich noch nicht!

Perbandt (die Worte hervorstoßend).

Und von — jenem?

Florence.

Ob ich noch einmal von ihm hörte? (Ernst lächelnd.) Ja, zufällig erfuhr ich, daß er nicht frei gewesen . . . Er hatte Frau und Kind in der Heimat.

Perbandt (zusammenfahrend).

O mein Gott!

Florence.

Diese Nachricht traf mich, als Du nicht nachließest mit Deinen Bitten, mich zum Weib zu gewinnen.

Perbandt.

Und aus Trotz hast Du mich genommen?

Florence.

Nicht aus Trotz wurde ich Dein Weib. Ich sehnte mich nach einem Heim und hatte Vertrauen zu Dir. Daß ich Dich nicht liebte, sagte ich Dir.

Perbandt (in bitterer Qual auflachend).

Ich Narr! — Aber was kümmert mich das jetzt noch alles! Ich weiß genug!

Florence (mit ruhiger Festigkeit).

Nicht so, Albrecht! Du mußt mich ganz kennen lernen! Im Namen der Gerechtigkeit verlange ich es! Sage nicht nein! Auch dem Angeklagten gestattest Du sich zu verteidigen! Wenn Du mich richten willst, so höre mich auch!

Perbandt (den Kopf neigend).

So sprich.

Florence.

Und was ich jetzt sage, Albrecht, sage ich nicht für mich. Es ist für Dich gesagt. Damit die Erinnerung Dich weniger schmerzt, später — in ganz fernen Zeiten, Albrecht . . . . . Denn ich wurde ja eine Andere — durch Dich. Die Liebe hat mich veredelt. Als ich anfing Dich zu lieben, da war es, als ob die Vergangenheit weit, weit zurückwich. Eine sonnige Zukunft lag vor mir. Mir wuchsen Flügel. Wie ein Schwan in den See taucht, so tauchte ich unter in meiner Liebe, und kein Stäubchen blieb an meiner Seele haften. Was hinter mir lag, hatte ich vergessen . . .

Perbandt (für sich).

So . . . so . . . ist es gewesen.

Florence.

Doch ich freute mich nicht lange. Du hattest mich um= gewandelt. — Aber in dem läuternden Zusammenleben mit Dir waren mir Fühlfäden gewachsen für das, was man den sittlichen Maßstab nennt. Ich erkannte, daß ich Deiner nicht würdig war. Da faßte ich den Entschluß Dich zu ver= lassen und forderte die Scheidung.

Perbandt (sich vor die Stirn schlagend).

Ich Kurzsichtiger!

Florence.

In langen schlaflosen Nächten hatte ich es mir abgerungen. Aber während ich das schreckliche Wort über die Lippen brachte, kam mir zum Bewußtsein, daß ich Dich über Alles liebte. Und Du — Du raubtest mir das Geständnis und warst glücklich.

Verbandt (bitter).

Glücklich!

Florence.

Und auch die Nähe des Todes hat mich verwandelt — damals, Albrecht, als ich so krank war.

Verbandt (düster).

Ich weiß.

Florence.

Ach nein, Albrecht, Du weißt n i c h t ! Der Tod kam nicht von selbst zu mir.

Verbandt (auffahrend).

Wie?

Florence.

Ich zwang ihn zu kommen . . . . Ich durfte Dir ja nicht mehr angehören. Und da ich im Leben nicht von Dir lassen konnte, mußte ich es so versuchen.

Verbandt.

Entsetzlich!

Florence.

Der Sanitätsrat verordnete mir Gebirgsluft. Es schien mir wie ein Wink, dort auf den reinen Höhen der Alpen meine Schuld zu tilgen . . . Vor der Reise hatte ich mir das Gift verschafft. Und droben im Gebirge wurde ich wirklich krank. Da hielt ich den Zeitpunkt gekommen — nachzu=helfen.

Verbandt.

Mir graut.

Florence.

Aber eines Tages erwachte ich wieder.

Verbandt.

Und von alledem erfuhr ich nichts!

Florence (tonlos).

Nein. Die Mutter litt es nicht.

Perbandt (schneidend).

Wer litt es nicht?

Florence.

Deine Mutter, Albrecht. Ihr sagte ich Alles. (Schwer.) Da gebot sie mir es für mich allein zu tragen.

(Schweigen.)

Perbandt (mühsam).

Bist Du nun zu Ende, Florence?

Florence.

Nein, Albrecht, noch nicht. Von Trude muß ich Dir sprechen. — Ich habe unser Kind gehaßt.

Perbandt.

Auch das!

Florence.

Ich sah mein Ebenbild in ihr. Ich fürchtete meine Vergangenheit möchte in ihr auferstehen. Denn eines Tages konnte sie ja werden wie ich.

Perbandt.

Mir ist als hätte ich Weib und Kind nie besessen.

Florence.

Und als sie das that, was sie in Wahrheit zu meiner Tochter stempelte, da hatte ich mein Todesurteil unterschrieben.

Perbandt (mit Anstrengung sprechend).

Hast Du mir noch mehr zu sagen?

Florence.

Ja, Albrecht. Ein kleiner Rest bleibt noch übrig . . . . Meine Musik . . . Hast Du nicht gemerkt, Albrecht, daß ich nicht mehr spielen kann? Daß mir jeder Ton wehe thut? . . . Ich sagte Dir schon, daß ich wehrlos bin der Musik gegenüber. Daß sie mir Kraft und Willen entzieht . . . Um eine andere zu werden, mußte ich meine Kunst opfern . . . . Ich

that es. Aber die Sehnsucht blieb. Eine wahnsinnige Sehn=
sucht nach einem Meer von Tönen. Und das hat mich krank
gemacht . . . Dieser Verzicht . . . Es war wie eine nagende
Anklage . . . Bis zum körperlichen Schmerz stieg diese Qual.
(Die Hand auf das Herz legend). Ich weiß, daß es hier nicht in
Ordnung ist, Albrecht. Ich gab vor es nicht zu wissen, weil
Du es so leichter trugst.

Perbandt.

Bist Du jetzt zu Ende, Florence?

Florence.

Ja, jetzt ist keine Falte in meiner Seele, die Du nicht
kennst. Jetzt richte mich . . . Aber zuvor —

Perbandt.

Was thust Du?

Florence (sich über seine Hand beugend).

Laß mich die Hand küssen, die den Stab über mich brechen
soll. Die Hand, die mir jeden Stein aus dem Weg geräumt,
die mich geleitet hat zum Guten und Hohen. Wie schwer Du
auch auf mir liegst, ich will nicht murren.

Perbandt (verbirgt das Gesicht).

Sie hat Dich siebzehn Jahre glücklich gemacht ― ― ―
O mein Gott!

Florence.

Und nun — verkünde mir mein Urteil.

(Schweigen.)

PERBANDT.

Florence, ich kann Dich nicht richten.

FLORENCE.

Albrecht!

PERBANDT.

Ich habe kein Recht auf Deine Vergangenheit. Das ist mir klar geworden während Du sprachst.

FLORENCE. |mit aufflackender Hoffnung|

Du könntest –

PERBANDT.

Verzeih' die harten Worte, die ich vorhin zu Dir sprach. Ich war nicht Herr meiner selbst.

FLORENCE. |in namenloser Angst|

Das sagst Du so . . . als ob –

PERBANDT.

Du warst in Deiner Ehe makellos. Ich habe Dir nichts vorzuwerfen. Wir sind Alle Menschen.

FLORENCE.

Albrecht . . . Sprich schneller . . . Das ertrag' ich nicht . . .

PERBANDT. |leise|

Florence – ein Zusammenleben, wie es bisher zwischen uns war, ist nicht weiter denkbar.

FLORENCE. |zusammenzuckend|

Ah . . . grausamer Mann . . . es musste

ja sein . . . Warum mich in einen Traum von Seligkeit wiegen - !

PERBANDT.

Zieh hin in Frieden. Du hast mir das Glück gegeben, Du hast es mir genommen. Wer bin ich, dass ich klagen dürfte! . . . Doch die Vergangenheit steht zwischen Dir und mir.

FLORENCE.

D i e   V e r g a n g e n h e i t . . . Ah, Albrecht, mir wird so seltsam . . . Steh mir bei . . . Albrecht! Wo bist Du?

PERBANDT. |auf sie zustürzend|

Florence! -

FLORENCE.

Ich muss sterben, Albrecht . . . Sag' mir noch einmal, dass Du glücklich w a r s t .

PERBANDT.

Florence - Weh mir!

FLORENCE.

Leb' wohl Albrecht!

PERBANDT. |an ihrem Sessel nie-
derfallend|

Mein Weib --- Du warst mein Alles . . .

FLORENCE.